이주 여행자

시작시인선 0389 이주 여행자

1판 1쇄 펴낸날 2021년 9월 13일
1판 2쇄 펴낸날 2021년 12월 20일
지은이 김유석
펴낸이 이재무
책임편집 박은정
편집디자인 민성돈, 장덕진
펴낸곳 (주)천년의시작
등록번호 제301-2012-033호
등록일자 2006년 1월 10일
주소 (03132) 서울시 종로구 삼일대로32길 36 운현신화타워 502호
전화 02-723-8668
팩스 02-723-8630
홈페이지 www.poempoem.com
이메일 poemsijak@hanmail.net

ⓒ김유석, 2021, printed in Seoul, Korea

ISBN 978-89-6021-578-8 04810
    978-89-6021-069-1 04810(세트)

값 10,000원

이주 여행자

김유석

천년의 시작

시인의 말

봄에 심은 참외가 노랗게 열렸다가 여름 태양 흙바닥에서 바싹 말랐다. 시장에서 참외 철은 이미 지난 뒤였다. 작게 쪼그라든 못난이와 말라 죽어 가는 가지를 보고는 '뽑아 버릴까?' 하다 밭 언덕 풀 위로 뻗은 가지에 핀 꽃 두어 송이를 보고는 내버려 두었다.

풀숲에서 그늘과 물기와 야생의 기운을 얻어 늦더위도 가을바람에도 마르지 않고 노란 참외들이 첫물처럼 익었다.

밭에서 뽑아 버렸던 바랭이와 쇠뜨기와 박주가리 덩굴 속에서 철 늦은 참외가 고요히 익을 때, 나는 새롭고 싶다.

2021년 가을

차 례

시인의 말

제1부 우리는 풀밭 옆 돌집을 빌려

이주자들

너무 멀어 말 막힌 데는 아니게
콘크리트 성곽 에워싼 동네도 아니고
한 번 가면 쉬이 돌아올 수 없는 곳이게
막혀 갈 수 없는 게
하늘처럼 높지 않고
수평으로 푸르게 만져질 듯
배 갑판 오르면 건널 듯
더 간절히 막힌 듯

우리는 풀밭 옆 돌집을 빌려
모퉁이만 돌아가면 바다가 나오는
억새밭에 불을 놓아 남새밭을 일궜다
비 온 뒤 뿌린 씨가 물기에 젖어
이끼 같던 채소가 무성히 오르면
지난 일은 옛일처럼 금세 묻어 버릴 듯

피란처럼
귀향처럼
육지를 떠나왔다
사랑했던 이들을 떠나왔다

바닷가 게스트 하우스

조금은 가난한
조금은 외로운
조금은 넘치는
조금은 숨고 싶은
바닷가 게스트 하우스

저녁에 우린
조금 수줍은 듯이
파티를 열었지
술을 나눠 마시고
아무렇지도 않게
비밀을 털어놓았어
어두운 동굴 이야기를
세상 끝 벼랑 위 바람맞이를
그래, 멀리 와 있다고 생각했어

날이 새면
딱딱한 의자에 앉아
벽 유리 너머 섬을 두른 바다를 보며
각자 모닝커피를 마셨지

조금 낯선 듯이
흰모래가 밀어내는 썰물을
천천히 보았지

아직 조금 어지러운 채
각자 짐을 꾸렸어
우리는 어쩌면 인사도 못 했지만
짧은 웃음
허술한 약속
비슷한 점도 많지만
각자 자기의 길을 나섰어
어딘가로 떠나겠다며
갈 곳은 마땅히 없었지만
먼바다로 난 길로 걸어 나갔지

남쪽으로 간다

마을버스 종점
산동네 반지하 방에
여름내 검은 곰팡이가 피었다
마른걸레로 닦으면 검불로 번졌다
어느 장마에 물이 넘쳐 책장이 잠겼다
옥상에 말린 책은 누런 얼룩이
본 적 없는 지도를 그렸다

마을버스가 오르막에서 퍼런 매연을 뿜었디
창틀 고양이 통로에 햇빛마다 털이 날렸다
주말엔 예술 영화관에서 두 편을 연달아 보고
닭 한 마리를 삶아 오랜 허기를 채웠다

이전 세입자가 식탁 옆에 적어 놓고 간 글귀
"재밌는 일도 있었지만 행복하지는 않았다"

옷가지 몇 개 싣고 남쪽으로 간다

풀과 하늘과 바다를 가까이 두고
방 가운데까지 들어오는 햇볕을

이불로 덮어 낮잠을 자자
땅속에서도 공중에 떠 있던
지난날 버려두고
겨울에도 검은 들판 푸르른
남쪽으로 간다

밀물 무렵

분지의 도시 편의점이었다

아르바이트가 직업이 될 때쯤

일은 지겨웠고 도시의 매연이 겁났다

바닷가 올레길 16시간 편의점에서

청년은 역시 편의점 직원이었고

계산대 옆에 낚싯대를 세워 놓았다

낚싯대도 파냐고 물었더니

이것은 팔 수 없다며 웃었다

바다가 보이는 테라스에서

컵라면과 캔 맥주를 먹고 있을 때

드나드는 손님은 없고

이 편의점의 수명을

청년의 시급과 권태를 생각할 때

방파제에는 밀물이 들고 있었다

흰모래 덮은 상아색 물빛이

에메랄드로 짙어 가고

그는 낚싯대를 들었다

친절했던 입은 다물고

짱짱한 두 다리로 에기를 던졌다

손목이 리듬에 맞춰 퍼덕거렸다

낚싯대가 방아깨비로 날뛰다가
대궁으로 휘었다
물결무늬 갑오징어가 물살을 갈랐다
다시 돌아와 무심히
과자 봉지에 찍찍 바코드를 찍었지만
창 너머에는 바다가 넘실댔고
분지의 도시와는 사뭇 달랐다

사랑, 사랑, 사랑

합격자 발표하는 날
떨어진 친구 모르게 웃었다
군대 간 남자 친구가 휴가 나와 축하했다
명문대 보낸 보람답게 엄마는 이웃마다 자랑했다
터키에 영어 이메일을 보냈고
칠레에 출장 가서 이천 억짜리 계약도 했다
일은 제 일처럼 신났다
야근은 당연했고 토요일에도 출근했다
월급이 예상보다 많아 혼자 웃었고
거액 보너스가 월급에 주제넘었다
차를 뽑았고 오페라 내한 공연을 보았고
한남동에 가서 불가리아 요리도 먹었다
앞으로 달려가는 나날에 세상은 내 편이었다

언제부턴가 남자 친구와 연락이 뜸해졌다
취직 공부하느라 일하느라 서로 바빴다
만날 시간이 없었고 일부로 내지도 않았다
어느 날 나를 찾지 말라 하고 남자가 사라졌다
식당에서 종업원에게 화를 낸 적이 있나?
차를 같이 마시며 스마트폰을 많이 봤나?
이유는 알 듯해도 알기 싫었다

갈 길이 서로 달랐다

눈 아래가 검어졌고 머리카락이 빠졌다
일 처리가 능숙해질수록
시간이 왜 이리 빨리 가는가?
거대한 톱니바퀴 속에서
내가 빠지면 기계가 멈출까?
하는 식상한 질문이 코끝을 울렸다
얻는 것보다 잃어 가는 게 확연했고
열정은 조용히 사그라들고 있었다
어느새 팔 년이 지나 있었다

승용차 들어갈 만큼만 짐을 싣고 섬으로 왔다
책 몇 권, 옷가지 계절마다 서너 벌
게스트 하우스에서 만난 사람들과
농장의 귤을 따서 팔았다
일당 칠만 원에 당근 양파를 뽑았다
일하기 싫으면 나가지 않았고
하루 내내 음악을 듣고 여행자들과 놀았다
누군가 "이렇게 사는 게 재밌니?" 물었지만
웃어넘길 여유는 잃지 않았다

그런 날은 혼자서 무섭기도 했지만
창을 열면 마중 나온 바다가 옆을 지켜 주었다

상추밭과 동백나무가 있는 조그만 돌집을 얻었다
마늘과 양파를 심었고 여전히 귤을 땄다
동네 청년들과 해변 쓰레기를 치웠다
어르신들을 모아 놓고 환경 영화제를 열었다
서울 생활이 생각날 때면
하루 한두 쪽씩 영국 소설을 숙제처럼 번역했다
가끔 글을 썼으며
외로운 여행자의 보루 삼아 책을 엮었다

너의 인생을 요약식 PPT로 듣는 동안
우리는 농장에서 얻어 온 귤을 까먹었고
네가 만든 마늘 파스타를 먹었으며
기타를 치며 집시처럼 노래 불렀다
너는
종착지도 돌아갈 곳도 없이
하루를 배수진 치며 살고 있었다

시골 책방

바다가 보이지 않는 중산간 마을에
동네 책방 하나 열었다
파리, 카나리아, 스리나가르…… 세상을 떠돌며
한 달, 반년을 살아 놓고
심심한 오름 마을 돌집을 빌려
밤새 읽던 책을 서가에 펼쳐 놓자 했다
오래 걸은 여행자가
허름한 유리창 둥글둥글한 의자에 끌려
책장을 넘기면 가만히 보고 있자 했다
세상 곳곳을 가난하고 설레 돌아다녀 놓고
낮고 동그란 오름 옆에서
매일매일 같은 길로 산책하자 했다
누군가 책을 넘기다 물어 온다면
언덕에 가려 보이지 않는 바다를 보며
바다의 형상과 색깔에 대해
밤새 얘기를 나눠도 좋다고 했다
좁고 호젓한 책방이 또 지루해지면
또 어디로 떠나갈지
너는 알지 못한다고 했다

고라니 연인

엄마 죽고서
아무 데나 살 수 있어
섬으로 왔어
뿌리 같은 거
터전 같은 거
타고난 거 없다며

유럽의 서쪽 끝에서
도망친 사내를 만나
독주를 마셨어
솜털이 노란 사내는
화살 맞은 고라니처럼
오래 아팠고

소금 바람의 허기와
시퍼런 바다의 우울
자신의 생에서
대가 끝나는 숨들의 절박
오래된 마을도
조상 같은 것도 없이

혼자 돌밭에 유채 씨를 심는 시간

먼 나라의
살 맞은 사내를 다독여
새로 시작한 시조가 되어 볼까
바람이 불고
문을 열면 골목마다 바다
문을 꼭 닫고
벽 얕은 이 층 방에서
시간의 점자를 찍어 볼까

십 분 바다 국숫집

바다가 십 분 거리 고기 국숫집에서
하루 네 시간 일하고 반은 여행자
노을이 바다 지나 들판에 비치는
화산 식은 검은 섬 아끈 평야 가운데
저녁 해가 안심하며 착륙하는 마을
마늘과 양파와 대파가 오래 자라
흔들리는 바다가 외롭지 않다

하루의 반은 황혼이 쉬는
밭 사이 두렁길로 산책을 나선다
길 따라 바다는 멀지도 가깝지도 않다
겨울 난 파 마늘이 무성한 길 따라
나란히 바다로 뻗은 수로에는
바다에서 올라와 사는 송사리가
태반인 양 쫄랑거린다
큰물에도 바다로 쓸리지 않는다

생활은 막혀 있지 않고
여행은 갑자기 끝나지 않는다
여행과 생활 사이 어디쯤에서

문턱 낮은 할망의 국숫집을 나와

길을 나서고

허기진 여행자에게

고기를 삶고 국수를 말러

또 돌아오는

걸어서 십 분 바다 고기 국숫집

컨테이너 아프리카

바닷가 검은 돌담 환해장성
한여름 바다를 돌로 둘렀다
적을 막으려던 오래전 흔적이
진청 바다 앞에서 쑥스러웠다
허물어진 담 너머 길 해당화가 덮고
도마뱀이 자갈 위에 맑은 오줌을 싸고는
재재바르게 달아나는 오후
반원으로 밀고 들어온 바다
심이 놓은 그물에 고등어가 자란다

먼바다에서 물살을 가르던 고등어는
산 채로 어항에 가둘 수 없다
좁은 그물 안에서
아가미에 회칼이 들어올 때까지
살아 있는 연습을 한다

검은 사내들이 웃통을 벗은 채
돌을 쌓는 일보다 오래된 인종으로
컨테이너 박스 안에 둘러앉았다
땀도 흘리지 않고 라면을 끓이며

근육질 팔뚝으로 나무젓가락을 젓는다
알 만한 길을 물으면
몰라요 몰라요 나 몰라요
우리는 만났던 듯 수줍게 웃었다

허물어진 돌담 너머 바닷가에서
검은 사내들이 고등어를 키운나
고등어가 자라서 갈 곳은 어항이지만
고향을 떠나 떠도는 자들은
어디서나 반갑다

루이

누이야
섬에서 또 배 탄 섬 돌담 옆에서
노란 참외를 따는 누이야
유월의 바다가 코발트블루로 익어 가서
하얀 등대로 가려 한다

저 높이 보이지만 길은 수 갈래
절벽 위로 타고 넘는 능선 길과
순환버스 올라가는 포장도로와
돌담 따라 구불구불 이어진 길과……
너에게 물어 등대로 가려 한다

멀리 집을 떠난 나의 누이야
바다를 등에 지고 참외를 뚝뚝 따서
남국의 황금빛 사원을 쌓는다
크고 순한 눈을 들어
머뭇거림 없이 길을 가리킨다
돌담을 비켜 늪지를 건너는 길이다

루이야

오늘 밤 등대 아래서
네가 타고 온 노란 코끼리 타고
바다로 난 불빛의 길을
밤새 나릿나릿 헤매려 한다

중산간의 독서 모임

풍력발전기 날개가 바람을 갈라
축전蓄電하며 도는 중산간에서
망량魍魎*을 지우려 어둠 속에서
장자莊子를 같이 읽었어
중산간 바람 부는 풀밭에서
무소의 다리로 설 힘이 필요해
당당히 우파니샤드를 읽었어
신을 잃은 자들의 고향 삼아
혼자인 너희들과 견디기로 하자
니체를 읽으며
각자 초인이 되려 하지만
산정山頂은 빙설처럼 멀다
갈피 없는 바람도
녹아내린 물도 되지 않으려
가로 창이 난 돌집 카페에서
고개를 숙인 채 책을 읽었어
책장이 다하면
말들도 겨울잠이 든
눈 덮인 마장으로 나가지
고개를 뒤로 젖혀 눈덩이를 던지며

아이처럼

외딴 참가시나무로 걸어 나가자

* 망량罔兩: 그림자 둘레에 생기는 엷은 곁 그림자, 『장자』의 「제물론」
에서.

표류기

암스테르담에서 자전거 타고
하루 내내 동키와 운하의 길을 지나
켈파르트*에 표류했던 하멜이
이십 년 만에 걸었을 골목을
익숙한 타향처럼 오래 걸었다

선장을 모래밭 물구덩이에 묻고
사령관이 하사한 탁주에 취한 아침에
창칼 든 병사들이 거인으로 어른거렸다
한 세대 전 표류한 등 굽은 사내의
더듬거리는 고향 말에 울었다가
여기서 여생을 마치라는 통역에 다시 울었다
지구의 끝 간 데 태풍 지난 섬은
하릴없이 투명하고 아름다웠고

이제 하멜의 타향을 고향 삼아 걷는데
그의 표류를 기념한 해안에서
난파선도 서러움도 찾을 수 없고
다만 이방인이 격랑에 혼절했다 깨어난
모래밭을 새롭게 걸어 보는데

어디도 고향일 수 없다며
파도는 무심히 발자국을 지웠다

* 켈파르트: 서양에서 불렀던 제주 옛 명칭.

따뜻한 타향

남조선서 보낸 감귤 맛 보고는
이리도 단물 과실이 어디 났을까
당 간부 남편은 지방으로 이주당하고
김일성 종합 대학 의학부 졸업
국경 몇 개 넘자 의사의 명예도 소용없어져
따뜻한 남방에서 귤이라도 실컷 먹자며
서울도 부산도 아니고 섬으로 청해 왔다오
익숙한 게 병원이라 요양보호사로 나들며
의사가 몰라본 병을 몰래 알려 주고는
가족처럼 빙떡을 나눠 먹었소
북상하는 적란운이 한라산에 걸려
밤새 줄비를 쏟는 밤
두고 온 고향이 버린 자식 같아서
북한 노래 한 소절 불러 본다오
만경대도 장군님도 부질없는데
혁명가도 인민군가도 기타 소리에
구슬픈 남한 노래도 많고 많지만
굳센 노래 경쾌히나 불러 본다오
혼자서나 합창가를 불러 본다오

제2부 너에게 간다

갈칫국

폭풍이 치는 모슬포 항구에
유리 벽마다 전등이 켜진다
원주민과 여행객이 탁자마다 모였다
주방에서 무쇠 냄비에 물이 끓는다
흰 김이 푹 올라 천장이 젖는다
새벽에 올라온 은빛 갈치
연한 살이 금세 익어 하야이 우린다
원추리꽃빛 호박 익히다
된장 한 술갈 풀고 청양고추 썰고
이내 시퍼런 배춧잎을 덮는다
냄비를 사기그릇에 털어 붓는다
미닫이창이 비낀 비에 젖고
한라산 소주 한 잔을 목에 털어 넣는다
뼈 바른 국물이 칼칼하게 타고 내린다
먼바다부터 물이 뒤집어져
은갈치는 산 아래 항구 불빛에
저녁부터 멀리서 하얗게 몰려든다

너에게 간다

비행기로 한 시간이면 갈 것을
기차 네 시간
배 다섯 시간 타고
너에게 간다
너에게 가는 길은 온통 밤이다
바깥 풍경 내주지 않고
창에 비친 내 속의 너를
비추며 간다
심야 한 시에 배에 올라
밤바다 지나
너에게 간다
너에게 갈 때
나는 눈귀를 잃고
육지를 잊어버린다
검은 바다가 뒤척이고
조금씩 밤새 다가가
여명이 번질 때
꿈 밖에 또 꿈으로
너는 온다

섬

제주에서 서울 가는
비행기에서
당신을 보았다
얼굴에 손수건을 덮은 채
창에 기댔다
코와 입을 다 가리지 못해
흘러내린 물이 반짝였다
일그러진 입가가 떨렸다
손수건에 물이 번져
눈 밑에 달라붙었다
창 너머 구름 아래
듬성듬성 섬이 떴다
이륙할 때 울던 아이가
화장지를 손등 위에 놓는다
도모지처럼 얼굴을 가린
처음 본 당신에게

전갱이에게

해 질 무렵
상괭이 떼가 자맥질할 때
너희들은 쫓겨 갯바위에 몰려들었다
어둠에 희미해지는 빨간 찌가
던지자마자 잠기고 사선으로 그었다
너희들은 어둠에서 방심하고
살기 위해 절박하다
하루 내내 태양 아래서 혼잣말하다가
격렬한 대화처럼 찌를 들어 올린다
줄이 팽팽하다
어둠 속에서도 은빛이 번쩍인다
성질 급한 너희들은 입을 크게 벌리고
곧 요동을 멈춘다

네 빨간 살을 천천히 저며
접시에 꽃잎으로 두른다
네 날카로운 측선이 손가락을 베었다
아가미의 절박과 등 꼬리의 격노와
움직임을 멈출 수 없는 위태로움이
얌전한 네 살 위에 얹힌다

네 살과 내 피가 만나

양념도 없이 빨갛게 뒤섞인다

아리고도 달게

너는 나였다

탑동에서

배가 오기로 했는데 오지 않았다
밤새 놀다가 휴일처럼 늦잠 자다가
한낮의 백일몽으로 아련히 보일 섬
기다리는 것은 천천히 오는 거라며
시속 25킬로로 설레는 멀미와
피로 사이로 선물처럼 다가오는 섬

배가 오기로 했는데 오지 않았다

산굼부리 억새길 삼삼오오
보였다 사라졌다 재잘거리는 소리
우도 돌담 위에서 곡예로 찍는 사진
가위바위보로 오르는 일출봉 현무암 계단
가도 가도 끝이 안 나와 지루해질 때
진달래와 구름이 마중 나온 성판악길

동백은 봄의 물기에 더욱 윤이 났다
고사리는 매일매일 마장을 덮었다
아이들 소리 사라진 섬은 고요했다
방 안의 도롱뇽 알을 산속 제자리에 놓았다

한 계절 느린 바다의 수온은 차가웠다
낚시를 하지 않았다
이천십사년사월십육일

나무 하르방

하릴없이
아침부터 막걸리를 마시다가
쪼그려 앉아 호미로 텃밭 돌을 고르다가
일 나간 아내 탓도 좀 해 보다가
오래 쓴 공구를 들었다

하르방은
격자 유리창 달린 창고에서
나무로 하르방을 깎았다
지난여름 태풍에
뿌리 들려 쓰러진 나무다

군청에서 문門을 수리하며 살아
누가 대학 얘기하면
나는 문과요 했다는 하르방은
새 차 몰고 학교 식당 일 나가는
아내를 보내 놓고
이제 큰소리도 못 친다

밤새 마작으로 돈을 따 와
딸아이가 사 달라고 조르던

마이마이를 깜짝 선물로 내놓았지
일요일이면 훌쩍 바다로 나가
유유자적 담배 입가에 삐뚜름히 물고
뱅에돔 잡고 한치도 올렸다
핑계처럼 부려 놓고
안주 술상 큰소리도 쳤다

하르방은 자식 서울 부산 떠나고
아내도 없는 집에서
햇볕 한구석 탁자 위에
덩그러니 통나무를 올려놓고
끌이며 망치로 하르방을 깎는다

뭉퉁한 코에 되다 만 눈을
이리저리 돌려 보다가
평생 민원인 들락거리던
문짝을 고치던 공구로
하르방을 깎는다
오늘 하루는
눈꺼풀 하나를 다듬어 채운다

용눈이오름

한 사내*가 이십 년 넘게 다녔다
온몸이 마비되는 병으로
셔터 누를 힘 남을 때까지 찍었다
키 낮은 풀이
능선 따라 순하게 오르내리고
거센 바람도 곡선의 모양대로 흘러 지났다
계절마다 온전히
푸르다가 금빛이었다가
눈 내리는 대로 희었다
반복되는 나날엔
새벽안개 저녁노을
곧이곧대로 배어든 풀 옷에
어제와 다른 줄 알았다
바람의 방향과 햇빛의 각도에
억새의 결 구름 그림자 바뀌어
그가 선 자리 순간마다
덤덤한 흙 구릉 새 숨 쉬었다
외돌톨이 홀 사내에게
여인의 부드러운 몸이자
불물 품었던 거대한 무덤 앞에서

오래된 날숨들의 고요한 평화

회한도 불면도 잊은 채

신비하다며 아름답다며

종이에 담아 놓고 아이처럼 설레었다

오랜 한 데서

매일 새날을 인화하며

그렇게 한평생 견뎌 지났다

* 한 사내: 김영갑.

낮술
―북촌에서

비 오고 바람 부는 날

사나운 물에 갇혀

낮부터 취하는 사내들

바다는 동경이자 자유였다가

생활의 흔들리는 갑판이었다가

넘지 못할 한계를 잊지 말라 한다

어떤 이는 한라산에 들어가

통나무 세워 버섯을 키우고

곶자왈 동굴에서 숯을 구웠다고 하나

사내들은 바닷가를 떠나지 않는다

길은 쉬이 끝나지 않고

바다와 나란히 뻗었다

비바람에 출렁이는 경계에서

그래,

흰 거품 이는 격렬한 포옹으로

내일은 새로이 출항

검은 바위 물기에 짙은

해녀의 집에서

오늘은 낮술 한잔

함덕

멸치 떼가 몰려오는 팔월이면
여행자들은 가장 적은 옷을 입고
노란 튜브를 탄다
챙 넓은 모자를 쓰고
엉덩이만 밀어 넣는다
검은 멸치 떼가 파도에 튀어
튜브 안으로 날아든다
햇빛 찬 살 위에서 파닥인다
희게 빛나는 배 위에서
머리를 콕콕 부딪다가
이내 튀어 오른다
간지럼 타는 사이
다시 물로 튀어 나가면
하얀 살 위에
먼지쟁 은색 비늘이 뜬다
바다가 잠시 살 안을 지나갔다

봄날

늦은 오후 햇빛이 탁자마다 들어찼다
빨간 플라스틱 소쿠리에
파란 실파가 흙 뿌리로 쌓여 있다
손님 없이 티브이 화면이 반짝인다
햇빛 옆에서 식당 주인이 파를 다듬었다

뿌리를 가위로 싹둑 잘라 껍질을 죽 벗긴다
하얀 뿌리가 치약보다 하얗다
코 속에 매운 향이 끼친다
화면 속 헝클어진 여자가 운다
한식 요리사 자격증이 액자로 걸려 있다
육지를 떠나온 지 칠 년
야트막한 오름 하나 구실 삼아
소쿠리에 실파가 가지런히 쌓였다

겨우내 자란 파가 매서워
눈썹 떨리는 눈가가 촉촉하다
희고 흙 묻은 손을 대지 못한다
이내 멜국이 끓고 허기진 객이
한라산 한 병에 천천히 배를 채운다

설핏 취한 채 혼곤해
흙을 방금 뚫고 나온 것들이 창에 찬다

오름으로 가는 길은 노란 유채꽃이다
손님과 주인이 창 너머로 본다

대평리大坪里에서

남쪽으로 고개 넘자
북풍이 잦아들고
햇빛 반짝이는 바다 앞에
너른 평지

화산 흘러내리는
경사진 섬에서
피로한 발목이 쉰다

남국에서 불어온 물기에
마늘 배추 갓이 소복이 자라
오름과 절벽 바다를 걷던 연인들은
들길을 걷다 몰래 입을 맞추고

하루 내내 남쪽 바다는
햇빛을 도로 내주며
끝내 속을 보여 주지 않았다
오래 혼자인 여행자는
몸국 한 그릇 시켜 놓고
톳무침이며 소주며

천천히 저녁을 맞는다

그러면 어느새
평지 너머로
검은 바다가 평평히 밀려와
하루 종일 숨겨 두었던
얘기 몽돌에 스미듯
사르랑 사르랑 들려준다

천식으로 요양 온 이가
서로 북으로
절벽으로 산으로 막히고
바다로 바다로만 난
바다 평지 고른 숨을
잠귀로 듣는 밤

해녀의 꿈

비 온 날은 밭에 나가 모종을 옮겼어
쪼그려 앉은 다리가 자주 저렸고
오늘은 해가 뜨고 파도가 잦아
고무옷 망사리 유모차에 챙겨 물턱에 나갈까
허리가 아프고 몸이 지뿌둥해도
물에 들어가면 허리 펴지고 가벼워
할방 병 수발 살림 걱정 다 잊고
내 숨만 꾹 참는 바다로 가는 거여

햇빛이 물결에 헤살거린다
물미역이 물살에 꿈틀거린다
물 밖에서 파닥거리던 전갱이 떼
제 갈 길 간다
전복이영 소라영 성게영
숨찰 만큼 움켜쥐고 숨 한 번 호오이
숨이 목까지 차도
한 번 들이쉬면 다 괜찮은 거여
앳됨 지나 칠십 년을 물질로 지나는 동안
어느새 바닷속이 아랫목처럼 편하고
조용한 물속이 멋있는 거여

>

하나 소원이 있다면
해가 쨍쨍한 날 말전복 따러 들어가
저 깊은 용왕님을 만나는 듯이
굿거리에 물 춤을 추다 물숨에 잠기는 일
한평생 물 밖으로 유배를 다녀오다가
동구 안 아주 돌아 제집에 돌아간 듯이

동백꽃 본다

낚싯대도 던져 놓고
읽던 책도 내려놓고 훨훨
동백꽃 보러 간다
지난 봄날 보려던
겨울 꽃 피었다는데
한라산 너머로 넘어
남쪽으로 난 산길 넘어
밤사이 내린 눈
햇빛에 녹는 아침에

사철나무 그늘 아래
봄날 난분분 벌 나비
들이지 않고
겨울 바다 앞에서
서늘히 피어
물눈 서리서리
붉은 꽃잎 쫑긋 내밀어
눈조차 물든다는데

마을 어귀 방풍나무로

거센 바람에 삐뚜름히
해풍에 잎사귀 함치르르
오래 숨겨 둔 선홍빛을
눈 맞아 내놓았다지
오늘은 아침밥 가난히 먹고
눈 녹는 산길 내려가
봄 오면 지고 마는
오래전 동백꽃 보러나 간다

이발

바닷가 미용실에
육천 원짜리 이발理髮 왔는데
손님은 둘
배가본드라는 코카서스 남자와
나란히 앉아 주인을 기다린다

한라봉 두 개 던져 놓고
먹던 떡 쟁반에 남겨 놓고
돈 통도 맡겨 두고
주인은 점심 먹으러 갔다

가끔 물질도 한다는 주인은
간살스럽게 인사를 하는 법도
한 시간 만에 돌아와서는
미안하다는 말도 없이
머리채를 감아쥐고는
몇 번 가위질로 끝이다

근시의 눈에다 안경을 얹히니
방랑에 부풀었던 머리를

구멍 내 가라앉혔다가
실밥 자국도 없이 꿰맸다
도망가지 않았다고
소라 숙회를 내온다

카페 우도

세상의 끝이에요

먼 길이죠
바다를 몇 번 건너야 해요
숨을 곳이 필요했어요
항구의 반대편이죠

손님은 가끔 오죠
손님이 없었으면 해요
많이 들었으면 해요
내 공공연한 방이죠

온종일 태양은 해맑아요
바다가 너무 많아요
문을 닫아 놓았어요

유리창에 바다를 걸어 놓았죠
세상 각지의 음악을 틀고
빈 의자마다 목소리를 앉혀 놓았어요

\>

가끔 폭풍이 불죠
바위 높이 밀물도 닥쳤어요
바다가 흐트러졌어요
혼자여도 괜찮아요

아주 천천히 원두를 갈죠
기다리는 사람이 올 것도 같아요
문을 조금 열어 놓았어요
아무도 오지 않죠
폭풍이 발밑까지 와요

커피를 내려요
오래 마셔요
바다 깊이 잠겨요
내 비밀의 방이죠
끝에서 또 끝이에요

숭어에게

물 밖에 등을 보여라

오늘은 내가 너를 잡는다

종일 배고픈 내가 너를 잡는다

바위틈 이끼를 따 먹어

물풀로 찬 너를 건질 것이다

검은 바위 위에서

손톱 같은 비늘 튀기며

숨찬 아가미 부채로 펼친 너를

피도 흘리지 않고 살점을 저밀 것이다

배고픈 내가 너를 먹고

밤새도록 맴맴

심해 근처에 가 본 적도 없는

네 지느러미로

해류를 거슬러

태평양을 건널 것이다

길동무에게

백오십만 원에 샀지 생애 첫 차였어 가끔 창이 내려가지
않았지 올라가지 않았지 기름이 빨리 닳아 천천히 몰았지
내비게이션은 없었고 차 천장에 큰 지도를 붙여 놓았어 여
름 한낮에 도로 위에서 너는 섰지 엔진이 탈 듯이 뜨거웠지
십오만 원짜리 고철이 되었지 네 모습이 생각나지 않아 계
기판과 핸들과 깔판을 잊었지 한때 속속 알았다고 생각했지

억새밭 사이 중산간 도로를 달렸지 하늘로 이어진 길이
었어 노루가 길 위에서 놀고 있었어 차를 세워 놓고 구경했
지 여름엔 비자나무 숲에서 낮잠도 잤어 비가 오는 날에는
문을 조금만 열어 두었지 머리 위 빗소리를 들었어 밤에 공
동묘지에 간 적도 있어 문을 안 잠가도 무섭지 않았지 바닷
가에 세워 놓고 노을이 질 때까지 바라보았지 너와 새벽길
을 가던 때를 알지 낚싯대 하나 들고 외딴 바위섬으로 달렸
지 도로를 넘었어 숲 동굴에는 안개가 자욱했고 밤샌 고깃
배가 항구로 들어오고 있었지 바다로 뛰어들 듯이 너는 천
백도로를 미끄러져 내려갔지

편백 숲 유목촌

편백나무의 수령은 백 년이 넘는다

하늘로만 최단 거리로 솟은 기둥들 사이
섬 하나씩 천막집이 웅크렸다
희미한 숨소리를 지퍼로 닫고
문마다 운동화가 차갑도록 가지런하다

남편은 천막 바닥에 핏줄 같은 물관을 깔고
휴대용 부탄가스로 물을 데워 돌렸다
바위 위에 이끼를 깔고 난초를 심었다
나무에서 좋은 냄새가 난다는 아내는
편백나무에 램프를 걸었다
나무에 기대 연필로 시를 쓴다
대학 때 방송반이었던 아내는 시를 낭송하고
남편은 난꽃 향을 맡듯 눈을 감고 듣는다

함박눈이 상록의 잎에 바스러져 내린다

외딴 천막이 사흘 동안 열리지 않았다
남자는 담배를 머리맡에 두고 누워 굳었다

앰뷸런스는 소리도 내지 않고 숲을 내려갔다

누구는 살기 위해 숲으로 왔다고 하나
누군가는 순한 짐승처럼 조용히 스러지러 왔다

편백의 숲은 산 아래 바닷가 도시와 멀지 않다
도시는 밤마다 전짓불이 어른거린다
아내는 일주일에 두 번 투석을 하러 도시에 갔다
피가 맑아 돌아온 아내는 새소리를 오래 들었다

다음 겨울에 램프 옆 천막은 철거되었다
아내를 편백나무 아래 묻고
남자는 육지의 도시로 나갔다고 했다

편백나무는 마른 겨울에도 한층 자랐다

무 싹

한라산 숲속
숨어든 검은 들에
무 싹이 파랗다
지난가을 트랙터에 갈려
말라 쪼그라진 윗동에
검푸른 싹을 올렸다
어서 바삐 꽃대를 올려
한 계절을 건너려 한다

겨우내
억센 사철나무 잎으로
견딘 노루가 들에 모인다
첫봄을 맞은 노루가
쌉싸름하고 알싸한 무 싹을
발간 혀로 핥는다
코를 벌룽거리다
짧은 꼬리를 떨며
몸서리친다

여름의 꿈

바람아 불어라
파도를 타자
소나기야 내려라
물 아래서
점점이 빗방울을 보자
여름 해야 뜨거워라
황톳빛 그을려
오래된 토인으로
모래에 눕자
천막 치고 누우면
어디나 하룻밤
하늘과 몸 사이가
얇디얇아서
오늘은 어디서 아침일라나
고라니 꽉 꽉 우는 오름 꼭대기
동쪽 문 열어 놓고
얼굴에 새살거리는
새벽 해를 볼거나

다시 봄날

해 질 무렵
당신이 가장 추웠을 1월에 대정에 와서
강바람 피할 데 찾다 당신의 곁에 들었다
매끈하게 다듬어진 콘크리트 지하 전시관에
흔적들은 환하고 따뜻하다
바람은 땅속에서 잦아지고
울분처럼 우뚝 솟은 산방산도 뵈지 않았다

계단을 올라가 바람을 맞는다
탱자나무 가시 두른 울타리 너머로
바다가 하얗게 질린 채 뒤척인다
거처는 좁고 춥고 낮아서
당신의 옳고 그름을 제대로 알지 못하나
당신이 대정의 바닷바람에 웅크린 몸을
움막에 숨기고 홀로 견뎠을 시간을 짐작한다
강퍅하게 꼿꼿한 추사체 글씨보다도
더 이상 이 세상 사람이 아닌 아내에게
민어포를 보내 달라고 엎드려 편지를 쓰는 당신을
등 수그려 들여다보는 것이다

\>

다시 봄날,

햇볕 따사로운 봉당에서

바람이 실어 온 흙냄새와

수선화 흙 뿌리 싹이 움틀 때

메마르게 뻗친 글씨에서

담을 두른 탱자나무의 가시보다도

봄마다 살진 수선화 싹을 본 당신을

제주가 원산지라는 왕벚꽃이 멀리

뭉게뭉게 피어 가는 광경을

먼바다 건너 해풍 타고 온 편지와

떠나온 사람들을

탱자나무 울타리 너머로 맞는

당신을 생각하는 것이다

월정리 커피 한 잔

바닷가 검은 돌담 벽돌집에서
먼 도시 붐비는 골목 안처럼
커피 향으로 소금 내 지우고
당신과 커피 한 잔

세상의 끝에서 유리창 세워
파도 소리 막고
떠나온 곳의 실내악 들으며
당신과 커피 한 잔

얼굴이 지워질 듯 우리가 모르는
바다의 깊이
사소한 얘기로
풍력기 돌리는 폭풍 이기며
당신과 뜨거운 커피 한 잔

제3부 화산과 소나기와 돌개바람과

마음

소나기 밤사이 내려
한라산 마른 골짜기
그렁그렁 물이 찼다
동백나무 참가시나무
물거울에 드리워
잔바람에 번졌다

사나흘 뒤
구멍 난 현무암 새
물 새어
난대 상록수
꿈틀대는 뿌리
마른 바위를 감쌌다

땅속에 스민 물은
섬 밑동까지 내려갔다
삼십 년쯤 후에 솟는다지
바닷물과 섞이지 않고
바닷가 돌샘에서
차갑게 맑아 용천한다지

무인 카페 포스트잇

시간 앞에서는 혼자여서
타인에게 고백하는 비밀의 말들
지난날 약속이 유령처럼 붙어 있다

물이 끓는다

일몰에 비춰 너에게 짧은 편지를 쓴다

종이 비늘 하나를 찬 유리에 붙인다

어느 먼 훗날 네가
해 질 무렵 카페에 와서
홀로 붉어진 바다를
한낮보다 선명한
여름 야자수 검은 실루엣을
지금처럼 본다면
시간을 잊어버린 아름다움이
우리와 함께할 것

부칠 데 없는 편지를

심해어의 등에 붙인다

가라

눈먼 채로 어두워진 바다로

제주항에서

여객선이 드나드는 항에서
너는 젊은 연인의 얘기를 들려주었어
검은 바다는 가로등 빛에 울렁거렸고
바다로 이어진 방파제를 걸어 나가며
어디론가 떠나기를 꿈꾸던 아버지와
돌밭에서 콩잎을 뜯는 늙은 엄마의
새파란 청년 시절을
바다는 검고 겁조차 났지만
그저 배가 들어오고 나갔던 항구에서
오래전 세상에 네가 있기도 전에
방파제 끝까지 밤새 걸었다 되돌아오던
젊었던 연인의 옛날얘기를 들려주었어
바다로 난 길이 끝났을 때
내일은 한라산에 올라 왕벚꽃나무를 심자며
봄꽃 다 질 때 높은 데서 새로 필
꽃나무를 심자며
우리는 검은 파도 희미한 빛 아래서
백치처럼 희게 웃었지

숨 한 번만큼

당신에게
오랫동안 전해 오던
해풍의 소금 내와 바다의 출렁임
물속에 든 적 없는 당신과
밤마다 검은 바다에 잠겨
긴 머리 푼 해초에 걸린 듯
숨이 막히면 외돌톨이 나는
할머니가 해녀였다는 당신을 따라
몹시나 깊은 잠수를 하고

섬에서 살다 죽자고
갈 곳도 돌아갈 곳도 없이
바다를 헤엄쳐 건널 딸을 낳자고
육지로 가지 않을 딸을 낳아 살자고
숨 가쁘게 다짐하던 밤

눈 내려 한라산 넘는 길 끊기고
바람이 창에 몹시나 부는 날에는
휘이 호오이 오래 참았던 날숨 내어
밤바다 깊이 홀로 자맥질하는
가슴 두터운 당신 생각을 하고

섬과 섬 사이

언젠가 네가 사람이 죽어서도 청각은 몇 분간 살아 있다고 말했을 때 네가 죽어 누워 있는지 내가 죽어 누워 있는지 알 수 없었다

무슨 일로 우울하고 잘 웃지도 않을 때는 네가 죽어 누워 있을 것 같고 내가 아프고 힘없고 말도 못 할 때는 내가 누워 있는 것 같았다 너는 자기가 막 죽어 누워 있을 때 마지막으로 울지도 않고 무심하지도 않고 무슨 말을 할 것인가 물은 적 있다 누가 먼저 죽어 귀로만 하는 영원히 일방적인 말도 모두 현재의 것이라서 지나오고 이제 올 우리의 시간을 다 지금에 끌어모아 너는 우리의 편인 현재에 기대어 비동시의 시간을 초월해 대화를 속삭이는 것이다

지금 와서 나는 가끔 생각한다 네가 처음 말했을 때 죽어 있는 쪽은 아마도 너였을 거라고 네가 침묵으로 사라진 뒤 너를 끝내 듣고 싶은 자이므로 너의 듣는 귀를 상상하는 자이므로

돌담 위에서

더운 바람이 부는 여름밤
우리는 독주에 취해 자꾸 웃었고
들판으로 나가 돌담길을 걸었지
바다를 지나온 바람이
구멍 난 돌담마다 쉬이 지나고
너는 태풍에도 무너지지 않은 돌담을
풍랑에 죽은 아버지를 사소히 얘기했어
네 희망은 스러질 듯 위태로워
습기 찬 바람이 몰아치는 여름밤
흰 얼굴에 붙은 검은 머리카락이
흐트러진 너를 숨겨 주었어
모자를 얼굴까지 눌러쓰고
외줄 타기로 돌담 위를 걸었지
내 허술한 손을 잡고 더듬거리며
검은 돌담 위를 걸어갔지
폭풍이 다가오는 여름밤
손을 놓쳐 버린 너는 눈도 얼굴도 없이
어느 구멍 난 돌담 위를 걷고 있을까

애기 무덤 고사리

말 목장 언저리 돌담도 없이
그늘 속 이끼 덮은 흙무덤에
고사리가 올랐다
짧은 세상에 궁금한 것이 많아
저기마다 고개를 내민다

하루내 잠만 잔 것이
이제사 서러워
하늘 대고 크게나 울어 볼걸
살았던 몇 날 동안 늙어 버려
땅바닥으로 목이 굽었다

제사상에 올리지 않고
말들은 여린 독에 뜯지 않는다
깊은 뿌리 뻗어 새잎 펼쳐
잔디 없는 땅을 금세 덮었다
야트막한 유적이야
먼 옛날부터 전해 오던
고생대 식물에 내어 주었다

>
고사리 따라 산에 들었다가
영영 길을 잃은 나물꾼도
뜯지 않는 고사리를
퍼렇게 데쳐 먹고
대낮부터 혼곤히 잠을 잤다
엄아 엄아 울면서
저녁에 깨었다

저 숲길

당신 발자국 따라
혼자 걷는 숲길
당신은 앞서거니 뒤서거니
봄날보다 일찍 나온 꽃을 보려
종가시나무 검푸른 그늘에 섰다
혹시나
당신이 따라 오는가 봐 돌아보는데
당신은 없고
화산재 붉은 송이 비단으로 깔렸다
오래전 식은 화산재가
어제처럼 붉어 장작불 걷는 듯
발바닥 홧홧거린 채
당신과 걸었던 길까지
천천히 걷는다
길 끝나 상록수림 어두운 길
당신과 걸은 적 없고
가 볼 수 없는 시간 앞에서
되돌아오기만 했지
처음으로
저 울울한 숲으로 딛는 길

그 길에 당신은 없지만
종가시나무 검푸른 그늘
사이사이 이제 본
참가시나무 잎 덤불 너머
하늘이 샘물로 고여 있었다

바닷가 악사

노래는 부를 줄 모르고
악기도 연주할 줄 모르는데
해 질 무렵
바닷가 정자에 앰프를 쌓아
더듬거리며 음악을 튼다
파도가 음정 없이 몰아친다
파도 소리만큼
볼륨을 맞춰 놓고
들으라는 무대 인사도 없다
길 지나는 사람이
언젠가 오래 들은 적 있는
노래에 잠시 멈추면
볼륨을 조금 높인다
손가락이 수줍게 떨린다
수평선 마지막 빛이 지면
검은 실루엣으로
악사는 얼굴을 지운다
밤은 금세 오고
행인도 자신도 아닌 얼굴로
능숙하게

오래전 흩어졌던 소리를

파도의 배음 위에 새긴다

하귤夏橘

떨어져도 줍는 이 없이 관상용이라는데
너는 한라봉도 아니고 천혜향도 아니고
여름부터 노란 하귤을 좋아해서
번개 치고 소나기 맞아도 자주 웃었다
잘게 잘라 면포로 빙빙 돌려 짜서는
설탕을 한 숟갈 넣어 마셨다는데
한여름 갈증에는 탄산보다 쏘았다
여름 폭풍우가 지나간 후
갓길마다 하귤이 노랗다
한 아름 안아다 탑으로 쌓았다
하루에 한 개씩 잘게 잘라 짰는데
설탕을 아무리 넣어도 달아지지 않았다
책상 위의 하귤 하나가 시디시어
썩지도 않고 한겨울을 났다

팔월의 오후

사방 바다가 너무 넓어서
숲으로 간다
하얀 바다 보이지 않는 곶자왈
숯을 굽던 옛 가마터에서
백 년 동안 타는 나무를 보자
참나무 썩은 둥치에 표고는 피어
흙냄새 피우는 향을 오래 맡자
바다에 간 적 없는 노루를 쫓아
서서히 좁아지는 길을 따라
조릿대 수줍게 터 준 길을 걷자
찬바람 안개로 부는 용암 동굴 앞에서
태양에 검게 탄 얼굴을 식히자
바다를 높이 떠나와 곱게 방울진
용암수를 입술로 받아 적시자
바다와 태양에서 멀리
천년 동안 병풍 친 비자나무 숲에서
휘파람새 휘오이 호옷호옷
호젓이 부르는 소리를 듣자

오름 아리랑

억새로 엮은 길 따라
오름에 올랐습니다
화구를 두른 길은 끝이 없습니다
어디가 시작인지 끝인지
어디서 멈춰야 할지 알지 못하고
온종일 정처 없이 돌았습니다
화구는 풀로 덮인 지 오래
한여름 마른 채
봄부터 자란 억새가 무성합니다
바람에 두서없이 뒤척입니다
한 사람을 생각하는 것이
화산이 폭발하고
용암이 흘렀다가
얌전히 풀이 덮인 오름을
도는 일인 줄을 알 것도 같습니다
흰 구름이 떠갑니다
바다가 멀리서 밀려갑니다
한 사람을 생각하는 것이
그 사람에 닿는 것보다
순전히 나의 일인 줄 알면서도

사람의 일에는 아무 관심도 없는
화성암과 풀과 바다와 구름 앞에서
한 계절의 뜨거움일 줄 모르는 채로
숨 가빠 걸었습니다

늦가을 상추에게

싹을 틔웠으니 겨울을 나야 한다
낮아지는 태양 아래서
오그려 아주 천천히 잎을 키워야 한다
손톱만 한 싹을 내놓고
다시 되돌릴 수도 없이
서리에 시들어 삭은 채
젖은 듯이 바짝 엎드릴 것이다
여린 잎은 끝이 말랐다가 두꺼워졌다
동면하듯이 성장을 멈춘 채
오랜 겨울 가뭄에
뿌리는 온기를 찾아 더 깊이 뻗어야 한다

남쪽 바람에 온기가 들고
태양이 높아지려는 기미
혼곤히 흙냄새 일어날 때
흙에 붙은 여린 잎은 반짝인다
겨우내 깊이 내린 뿌리로
힘차게 물기를 빨아 잎을 키워
이른 봄날
오랜 기다림으로
자갈밭을 덮을 것이다

이젠 잊기로 해요

바닷가 지하 노래방에서 철 지난 이별 노래 춤추며 부르던 처음 당신을 잊기로 해요 목장 길 지나 유채꽃 돌담 따라 바다까지 걸어갔던 길 벚꽃 피는 산길에서 머리 위에 내려앉은 꽃잎 보며 웃던 일 잊어요 잔디 풍성한 산간 마을 운동장에서 별을 세며 누워 있던 여름밤을 잊어요 이젠 잊기로 해요*

바닷가 언덕 성당에서 촛불 켜고 얘기하다 창 열어 맞은 새벽바람을 노을 지는 다랑쉬 오름에서 산 그림자 커져 가는 마을 보며 약속했던 말들을 이젠 잊어야 해요 망설이며 시작했던 한밤의 대화부터 표정 그림 골라 가며 사소하게 보낸 문자를 이젠 지워야 해요

파도치는 바닷가 노래방 물에 잠기는데 당신이 처음 부른 노래 혼자 부르며 춤추며 이젠 잊기로 해요

* 이장희 작사, 작곡.

굼부리

젊고 곱던 시절
바람 부는 대로 맞으며
산굼부리에 올라
솟구쳐 가라앉은 굼부리를
가끔은 시원스레 뚫린 양
가끔은 구멍이 난 양 바라보았다지
단단한 것들이 내려앉은 허방 앞에서
혼자인 채 좋았다지

억새가 찌를 듯이 솟은
맹렬한 여름 지나고
은빛 마른 꽃이 뭉게뭉게 터질 때
부드러운 솜털 손끝에 대고 걸으며
마음껏 간지럼을 태워도 좋았다지
땅속 스피커에서 나온 옛 노래에
부끄러움도 없이 발 춤을 추었다지

비탈 오르다 돌담 두른 묘지
스물아홉에 그친 젊은 부인 앞에서
억새꽃으로 비석을 간질이고

가끔은 휘파람도 불었지
풍랑 위를 떠돌다 돌아온 남자는
땅 위로 흩뿌려진 불돌을 모아
한 땀 한 땀 쌓고 흙 구릉 하나 들여놓았지
볕 좋은 날 늙지 않는 여자는
담 넘어 산굼부리에 오르지
짤막한 생애를 메우는 휘파람
향연 삼아 불어 놓고
뒷모습을 오래 지키는 이가 섰던 곳을
단단히 설 자리로 삼았다지

젊고 곱던 시절
숲길 돌아 나가 숨을 데도 없고
밟는 자리마다 허방일 때
이슬 내린 새벽이었지
마를수록 꽃이 되는 억새꽃 입에 물고
시원스레 봉분도 담도 없이
가벼이 내려앉은 굼부리로
하늘하늘 넘어갔지

봄밤

새싹 몽우리 벌어 밤안개 짙은데
소쩍새 하나 전설처럼 울었다
아내와 말을 잃은 아랫집 영감이
청주 한 병을 감싸 와서
수줍게 문을 두드리는 밤
조급해진 일거리를 제쳐 놓고
처음 본 손님처럼 맞아들이면
흰머리에 흰 꽃 몇 잎 내렸다
창 열자 벚나무가
소복처럼 꽃가지를 벋는다
봄밤에 서울로 도망갔다던
늙은 사내의 첫사랑 얘기를
오늘 밤 새로 들어라

제4부 풍경에 스며

모슬포 마늘밭

오름들 사이 조각진 들판마다
키 작이 열 지어 솟은 잎 무리
곧이곧대로 바람 부는 검은 땅에서
한겨울을 막 났다
순한 개가 내린 귀처럼
푸른 파도 소리를 자장자장 듣는다
노랗게 핀 유채가 반갑기도 반갑지만
잎줄기가 푸르게 피었다
모슬포 채찍 바람과 소금기와
용암 부스러진 흙을 먹고
알알이 매운 기운
흙 속에 나날이 몰래 옹그렸다
오월이면 오랜 사리처럼
하얀 알맹이 알싸하게 맺어

이월의 마늘은 꽃보다 진하다

명월 할망

밭일 물질 고사리 끊기에
쉬는 날이 없는 명월 할망이
마늘 뽑고 소라 잡을 볕 좋은 봄날에
아침부터 뒨전뒨전 놀고 있다
정낭 세 개 내려놓고
올레 골목 금잔디 융단으로 깔린 길을
뒷짐 지고 걷는다
동백 아래 청주 한 잔 따라 놓고
먹는지 안 먹는지
투명한 유리잔을 햇빛에 비쳐도 본다
마당에 기어 나온 흰둥이들에게
혀 내밀어 장난치다가
뒷짐 지고 하늘을 본다
노을 좋은 명월리에서
섬의 북쪽으로 시집와
남편 아들 먼저 보내고
뭍으로 시집간 딸 하나
종이 가방 양손에 들고 온 날도 아닌데
일 안 하면 누가 채질할 듯이
부지런 떨던 할망이

입가 방그레 놓고 있다
옛일을 잊어 가는 옆집 할망에게
"오늘 내 생일이우다"며
마당가 소라 껍질 귀에 대 보며
아이처럼 논다

어느새 넓어져

섬에 딸린 마라도에 가서
바지선 같은 통바위 섬에 가서
한 시간 반 서둘러 산책하다가
해물 짜장면 한 그릇 먹고
다음 배로 돌아올까 했는데

소인국 같은 둘레길을 걷다가
바람 아래 키 작은 빈집에 들어가
살림살이 흩어진 마루에서
가을 오후 햇볕을 쬐는데
어디론가 떠난 아이의 낙서
올라설 때 짚던 기둥에 반질한 손때
해풍에 마른 지 오래였다
벽지 바랜 방에 신발 벗고 들어가
가부좌로 주저앉으니
바닷바람 돌담이 막고 방문이 닫고
먼 옛날 동굴살이로 둘러앉은 식구들
딸그락딸그락 환영으로 밥을 먹는다

노랗게 마른 풀밭 소나무 아래

솔잎이 내는 바람의 소리 자장가 삼아
밖으로 내민 맹렬한 눈은 감기고
가만히 섬은 순해진 여행자를 지켜보았다

막배는 떠났다
관광객이 떠난 섬에
식구들이 바위에 미역을 널고
하나둘 집집마다 불이 켜지면 비로소
말없이 숨을 고르는 사람들

마당만 한 학교 운동장에 앉아도 보고
백구 따라 바람에 떠밀려 달려 보는데
운동장은 어느새 넓어져
절벽 위 둘레길은
검은 바다로 뻗어 있었다

섬의 서쪽

끝나는 일이 익숙한 마을
서툰 방파제들은 서쪽으로 뻗었다
종일 해를 따라 걸은 여행자가
캔 맥주 하나 들고 황혼을 본다
파랗게 새침했던 바다가
넉넉해져 붉게 번졌다
허리 굽은 할망이
보행기에 콩대를 옮기다 본다
바다는 붉은 카펫이 깔려
먼 서방 길도 차갑지 않을 듯
시작은 저마다 알 순 없지만
황혼은
제 몸으로 하루를 견딘 이들에
붉게 취한 얼굴과
짙은 등을 지어 주고는
황홀한 건배

파랗게 말갛게

들끓는 용암이
삼십만 년쯤 식어지면
보드라운 비탈에
바람이 고이 누인 억새꽃
한소끔 피울 수 있을까

먼 바닷바람 불어 지나다
암석 무뎌진 흙냄새 맡고
물결 울렁거린 소금 내 비린내
잠시 쉬이고
오래 지나온 여치의 노래 들을 수 있을까

여기저기 오름 화구마다
옴폭이 아문 자리
소용돌이 바람은 잦아지고
간밤 빗줄기에 고인 물 위에
파랗게 갠 하늘 지나는 구름
말갛게 담을 수 있을까

썰물 멜 때

세화리 완만히 너른 모래밭
밀물 밀려 나가 젖은 땅
햇빛 투명한 곳곳 웅덩이에
멜 떼가 물모래 갈피 없이 뛴다
백로들이 부리로 찍어
검푸른 등이 찢기고 휘었다
앞으로 가려 해도 빙빙 돌다
잿빛으로 쉰 등을 뻗었다
드는 물 따라 햇빛 따라
얇은 바다 끝까지 왔다
돌아갈 일을 잊었다가
하늘과 태양이 너무 가깝다
밀려난 바다 하얀 어름엔
하얀 까치놀이 헛되이 뒤챈다

선흘리 동백나무

겨울 들어
미끄러질 듯 함초롬
검푸른 잎이
미덥게 두터웠다

흰 눈 사이 층층
잎사귀 점점 내놓고
곶자왈 훈김으로
스르르 이고 녹여

검은 그늘 아래
오래된 전설로
사철 푸르른 네가
두터운 귀를 내어
가장 빛나는 소릴 듣는 때

겨울 한가운데
막
꽃 피기 전

나무는 빛난다

눈 내린 후
곶자왈에 와서
혼자 걷는 것은
겁쟁이라서가 아니다

용암 옛길 틈새로
훈김이 오르고
나무는 눈 맞은 채 푸르다

오래전
땅 밑은 끓은 적 있다
열기 내 품어
바위를 쪼개
자갈로 흩뿌린 적 있다

골풀은 스러지고
습지의 물은 말랐다
목마른 노루가
눈을 먹으며 견디는 때

\>

숲은 제 속의 미열로

흰 눈 자갈 아래

뿌리를 데운다

한때 뜨거움으로

나무는 겨울에도 푸르다

사려니

무섭지 않고 숲길을 걸었네
여름밤 어두운 숲길을 걸었네
달빛 내려 길은 반짝이고
검은 편백 양옆을 호위하였네
무성한 잎이 하늘을 길로 가르고
우리는 하늘길 보며 걸었네
길은 끝이 안 나 언제 돌아서야 할까
숲은 깊어져 잠시 걱정도 되었지만
우리는 끝 간 데까지 가 보기로 하였네
은색 길 끝나면 은하수 하늘길로 이어져
하나 무섭지 않고 숲길을 걸었네
여치들 푸들푸들 날았네
어지러운 날갯짓에 기대어
네 손을 언뜻 잡아도 보았지만
여름밤의 숲은
우리의 손보다 깊었네

협재

물이 쓸려 가 흰모래가 떴다
실눈이 부시다

푹푹 빠지는 뻘밭을 본 적 있다
아낙들이 흙을 묻히고 바지락을 캤다
물에 잠기는 밭이었다

물결에 씻긴 바닥은 희게 빛난다
플란넬 챙 넓은 모자를 쓴 아이가
하얀 다리로 모래 위를 걷는다
물 아래 잠겼던 때와
곧 잠길 때 사이에서
발자국 없이 걷는다

나는 신발을 벗어 놓고도
들어가지 못했다

굴목낭 그늘 아래

에메랄드 물빛과
이주한 연예인이 사는 동네를 비켜나
신기할 것도 관광할 것도 없는 마을에
삼거리 슈퍼 옆 느티나무가 명물이다

오백 년 넘었다는 느티나무 아래서
캔 맥주 하나 터놓고
참외 하얀 속 손때 묻혀 깎았다
마늘 뽑다 쉬러 온 아즈망들 옆에
깡통 하나 자릿세 삼아 앉았다

학교 파한 아이가
웹툰을 보며 아이스크림을 핥고
보행기 밀고 전동기 타고 온 할망들이
방언으로 얘기를 벌인다
나는 옆에서 착실하게 술을 마신다
한 모금에도 취기가 올라
나무 기둥에 기댄다

떠도는 여행객도 잊고

오래전부터 살아온 듯이
신기할 것도 없는 오래된 마을에
돌베개 베고 다리 뻗어 누웠다
반 천 년을 한자리에 서 있는
굴목낭 그늘 아래서
하루 중반을 산 이야기를
다 알아들은 것도 같이
어릴 적 자장가로 듣는다

한치잡이 전짓불

비석마다 십자가 산간 묘지에
바다를 지난 황혼이 비스듬하다
해 지지 않는 하늘에 닿지 못하고
먼 데 숨을 데 오르다 오르다
동네 모퉁이 너머도 아니고
언덕배기에서 조용히 바람을 맞는다

한 줄짜리 생몰연대를 인적으로 새겼다
자손 열둘을 남긴 여든 살 사내와
열다섯 살 소녀가 나란히 누웠다
조금의 안심도
좀 더 사소한 호기심도 이내 무심해진다

억울할 것도 서러울 것도
흙이 내려앉아 평분이 되어 가듯
조용히 사그라져
어두워진 묘지들은
낯이 설 것도 없다

십자가도 무서움도 사람의 일이라

산 아래 바닷가 마을이
천국처럼 불을 밝히고
비석은 어둠에 지워진다

한치잡이 배들 출렁이며 하나둘
모닥불을 밝힌다
산간 묘지에서 내려다보면
전짓불은 별보다 따뜻하다

송당리

바다는 멀고 낮다

산정은 멀고 높다

바다에 내려가지도
산에 오르지도 않게
어중간하게
중산간 양지바른 들에
쉬어 가다 아예 주저앉은 듯이

아스팔트는 마을을 관통한다
사백 년 팽나무 그늘로
바닷가 도시를 종착지로 향해 가는
버스를 잠시 맞고
오래 남겨지는 일에 익숙한 듯
시시때때로 찾아오는 고요

도로를 가로지른 골목 어귀
백발 난분분 할망이
편의점 나무 의자에 앉아

여행객을 구경하는 여름 오후

마당에서 나온 흰 개 하나
골목길 지나 끝 간 데
오름 중턱 당산나무까지
쫄랑쫄랑 앞장서 가잔다

밤바다 방파제

태풍이 부는
밤바다 방파제에선
사랑했던 일들만 생각하자
속 깊은 바다가 몰아쳐
허물어지는 몸을 세워
시원한 바람만 가슴에 맞자
사방으로 흩뿌린 물이
단단했던 길을 지우고
말끔해진 인공 바위 위에서
담수처럼 새로워지자
두려움 속에 더욱 씻어 내
텅 빈 소용돌이
죽기 위해 북상한
태풍이 분다

목초지로 난 길

아스팔트를 벗어나자 산길이었습니다
모퉁이를 돌아 어딘가로 통하는 흙길이었습니다
길은 좁고 옆으로 칡덩굴이 얽혀 숲 동굴을 이루었지요
멀리 갈수록 되돌아올 일을 생각하다가
길을 벗어나 숲속에 들어가는 설렘으로
어두운 삼나무 숲 사이 붉은 흙길을 걸었습니다
차 소리 멀어지고 상점에 붙었던 허름한 간판조차
먼 세상의 흔적처럼 정다워질 때쯤
숲으로 둘러싸인 풀밭이 나타났습니다
여름 태양 아래 풀들은 푸르게 빛났습니다
되는 대로 무성한 풀에
말의 먹이를 생각하는 사람의 손길이 지나갔습니다
바람과 물과 여름의 태양이 키웠다지만
흙길이 없었다면 풀은 그렇게 한결같이 자랄 수 있을까요
멀리 홀로 떠나왔다는 걱정을
바람에 가지런히 풀이 누우며 안심시킵니다
갑자기
삼나무 숲을 나온 노루가 풀밭에 뛰어듭니다
풀을 뜯다가 갑자기 넘치는 먹이에 놀란 듯
다시 숲으로 뛰어 들어갑니다

섬의 북쪽

한라산 그늘과 비탈에서 굵은 시다
수면에 반사되지 않고 햇빛은 쉰다
태양은 물로 나드는 장엄 없이
수평선을 가린 능선 위를 지난다
허공이 줄고 굴곡진 선을 따라
섬에 좀 더 차분하게 머문다
정오에 해를 등지고 바다를 보면
바다는 속속들이 안을 내준다
햇빛의 변두리에서
섬의 북쪽이 가장 넓고 깊은 때
기대와 햇빛에 지친 여행자들은
바다가 내려다뵈는 언덕에 앉아
멀리 사파이어 진청에서
에메랄드로 투명해지는 물을 본다
농어 떼가 모래 위에 그림자로 떠다닌다
낚시꾼은 한낮에도 눈이 부시지 않는다
물고기를 보다가 낚시를 잠시 잊는다
햇빛에 속을 내준 바다는
잠시 깊었던 인연 같기도 하여
비친 바닥의 깊이를 모르고

바다에 들어간 사람이
허우적거리지도 않고 잠긴다
물속 투명한 그림자가 된다

해풍의 형상

남태평양 바람
남국의 열기 물기
형상도 없이

우뚝 막힌 산 오르다
하얗게 맺혔다

꼭대기 비로 쏟고
등성이 비껴
구름으로 넘는다

중산간 도로
점령한 안개
눈썹이 희게 세고

가던 운행 멈춰
한낮 몽유 산책
풀섶에 젖었다

마른바람 불어

여름 태양 아래
새로 보는 청 바다

오월, 오름

친구여
오늘은 오름 꼭대기에 올라
땀도 식힐 겸 동굴로 들어갔어
젊은 연인들이 껴안고 있어
다시 돌아 나왔네
섬의 젊고 늙은 장정들이 판
고사포 진지
지하 사령부는 폭탄에 견디도록
암반을 뚫어 구불구불 팠다지

관광객들은
동굴을 액자 삼아
사진을 찍었어
사진 좋게 하랑하랑
산에서도 원피스를 입는 게 유행이라네

전망 좋은 오름에서
초록 기운 위로 번지는
한라산을 보며
불에 탄 마을을 떠올리는 건

오월의 햇살이 너무 고와서라네
아지랑이 노곤히 오르고
저 아래 구릉마다 귤꽃 하얗게 피어서라네

친구여
아름다운 풍경 앞에서는
아린 것들도 쉴 곳이 있어서
흙냄새 깨어나 풀빛 번지는
넉넉한 화산을
조그만 오름에서 오래 보았네
서늘한 동굴에 앉아
아련한 봄날을 내다보았네

소도 기행

세상이 너무 클 때는 우도에 간다
성산포에서 우도까지
물살 빠른 해협 지나 배로 십오 분
바다 따라 쉬엄쉬엄 세 시간 둘레길
집들이 해안에 붙어 마을을 이루고
면面 하나가 한 풍경에 든다

길이며 돌담이며 땅콩밭이며
새로울 것은 없어도
모든 게 작아진 섬에서
무거웠던 것도 소꿉놀이 같아서
금방 끝나는 길을 천천히 걷는다

바다를 넘지 못한 길들은
제 안으로 옹크려 갖가지로 뻗어
만나고 헤어졌다 금방 다시 만난다
낮은 언덕 위 집들은
하늘에서 바다로 바로 이어져
생활조차 친근해지는데

\>

반복되는 나날과

저마다의 사연을 알 수는 없어도

오래전부터 전해 온 생활이

땅 위에 하늘 아래 바다 옆에서

외롭고도 담백하게 요약된다면

돌담 새로 수줍게 나온 참외 순을 보겠네

풀밭에서 되새김질하는 날의 이빨을

하얗고도 가지런하게 기뻐 세겠네

바람 머물 데
—우도에서

암반의 섬에
솔숲이 있어
바람은 머물 데가 있다
먼바다를 지나
벼랑을 거슬러 넘은 바람
숲에 휘돌아 들어와
가지 사이에서 잠잠하다
소나무 아래
바람이 그늘 켜켜이 쌓인다
솔숲에는
스쳐 지났던 것들이 모여
허물어진 무덤가에
솔이끼 고사리로 우북이 자란다

동백 숲길 피다

동백은 떨어져서 핀다

무성한 잎이 꽃보다 먼저 피고
검푸른 잎이 꽃보다 빛난다

떨어져서 비로소 꽃이다

땅바닥에서 밟혀 짓이겨
피보다 붉게 핀다

점점이 혼자였다가
떨어져서야
무더기로 핀다

순정한 로맨티스트의 사랑 노래

이병철(문학평론가)

우리나라에서 제주도만큼 독특한 지역은 또 없을 것이다. 국토의 최남단에 위치한 광활한 화산섬으로 온대와 아열대 중간쯤 되는 사철 따뜻한 기후가 종려나무를 곳곳에 키워 이국정취를 발산한다. 육지에서부터 남쪽으로 가장 멀리 떨어진 섬이지만 비행기로 40분이면 닿을 수 있어서 우리나라 사람들이 제일 선호하는 여행지로 꼽힌다. 우리 국민들뿐만 아니라 중국, 일본 등 동아시아 국가의 여행자들에게도 '환상의 섬'으로 일컬어지며, 에메랄드빛 바다와 한라산, 울창한 자연림, 용암동굴 등 다채로운 자연환경이 한데 어우러져 그런 걸 좀처럼 보기 힘든 서양 관광객들에게도 매우 개성 있는 여행지로 각광 받고 있다. 북한 주민들이 가장 가 보고 싶어 하는 곳도 제주도라고 하니 이 섬의 매

력에 대해서는 더 길게 말하지 않아도 될 것 같다.

여행이라는 측면에서 피상적으로만 말할 게 아니다. 제주도는 정낭, 테우, 돌하르방 등 3세기 탐라국 시절부터 이어 온 전통문화가 근대화된 삶 양식 안에 아직 남아 있으며, 특히 제주어로 불리는 지역방언의 경우 중세 한국어의 고형古形을 유지한 채 제주도만의 고유한 문법적 특성을 지녀 아예 한국어와는 다른 언어로 여겨질 정도다. 한편 제주 해녀문화는 인류무형문화유산에 등재되어 있고, 제주도 전역은 그 신비한 지질학적 특성으로 유네스코가 지정한 세계지질공원이기도 하다. 문화와 언어, 환경적 특징에 4·3 사건이라는 비극적 역사까지 더해져 제주도는 현지인이나 외지인 모두에게 각별한 의미로 새겨진 섬이다.

나 역시 제주도를 좋아한다. 해 질 무렵 애월 해안도로에서 석양이 자맥질하는 걸 바라보고 있노라면 콧등이 시큰해진다. 한라산 1100고지와 윗세오름, 산굼부리를 걸으면 온갖 상념이 다 사라진다. 배를 타고 관탈도나 사수도, 가파도, 마라도 인근 해역으로 나가 방어, 부시리, 참돔, 대삼치, 한치, 무늬오징어, 긴꼬리벵에돔, 벤자리 등을 낚시로 잡는 것은 내가 가장 사랑하는 취미다. 멜조림, 각재기국, 몸국, 돔베고기, 고기국수, 고사리해장국, 오메기떡, 방어회, 자리돔물회, 갈치국, 전복뚝배기, 말고기 등 향토 음식들은 또 어떤가. 낚시 좋아하고 술 좋아하고 바람과 별과 물 좋아하는 나 같은 낭만주의자(다른 말로는 한량)에게 제주도는 꼭 한 번 살아 보고 싶은 섬이다.

내가 아직 꿈으로만 간직하고 있는 제주살이를 김유석 시인은 이미 몇 해 전 이뤘다. 나는 사석에서 그를 유석이 형이라고 부른다. 꽤 잘 안다고 할 수 있다. 그래서 "짱짱한 두 다리로 에기를 던졌다 …(중략)… 물결무늬 갑오징어가 물살을 갈랐다"(「밀물 무렵」)라든가 "농어 떼가 모래 위에 그림자로 떠다닌다/ 낚시꾼은 한낮에도 눈이 부시지 않는다"(「섬의 북쪽」)와 같은 대목에 나타난 그의 낚시꾼 면모가 얼마나 엉터리인지 잘 증언할 수 있다. 그는 배를 타고 30분만 나가면 멀미를 호소하며 바다에 속을 게워 내고는 선실에 가죽은 듯 뻗어 버리기 일쑤다. 북촌 방파제에서 하루 종일 꽝치다가 동네 아주머니의 조언을 듣고 간신히 학공치 한 마리를 잡아 내 덩실덩실 춤춘 일도 여기 밝히고 싶다. 낚시에는 서툴지만 물질은 탁월하다. 바다에 잠수해서는 전복, 소라, 문어 등을 주워 나와 술안주를 마련하곤 한다. 뛰어난 폐활량과 지구력으로 산도 잘 탄다. 백록담까지 쉬지 않고 한 달음에 오를 만큼 체력이 좋다. 순수하고, 선하고, 맑은 사람이다. 대화 중에 고사를 인용하거나 공자 장자를 읊는 등 옛 선비 같은 엄숙함과 꼬장꼬장함도 지녔다.

각설하고, 그의 제주살이는 여러 해 전 종료된 것으로 알고 있다. 하지만 고향인 전북 오수 근처 전주 상산고등학교에서 교편을 잡고 있는 지금도 그는 틈만 나면 제주도로 향한다. 그의 제주도에는 대체 무엇이 있기에, 숨겨 둔 애인이라도 있어서 그렇게 자주 드나드는 것일까? 나는 오래 궁금했으나 시집 『이주 여행자』를 읽고 나니 그 사정을 알 것

같다. 그에게 제주도는 섬 전체가 이룰 수 없는 아름다움이
요, 닿을 수 없는 그리움이요 또 살 수 없는 삶이다. 아름
다워서 그리워하고, 그리워하다 결국 살게 된 섬이지만 제
주도에서 김유석의 자의식은 이주민이 아닌 '이주 여행자'
다. 이주해서도 '여행'하게 하는 섬, 도착했지만 끝내 도착
할 수 없는 이 제주도를 김유석은 미적 원형이자 낭만과 평
화의 이상공간, 일률적이고 획일화된 가공(加工)의 도시 문명
을 벗어나 흙과 물에 비벼 낸 "사람의 일"(「오름 아리랑」)을 회
복하는 생명의 터전으로 노래하고 싶어 한다. 그는 이번 시
집에서 '집'에 집착하는 현대인들에게 유목주의의 아름다움
을 설파하고, '이주'와 '여행'을 통해 온갖 다양성들이 한데
모인 제주도를 유토피아적 디아스포라 공간으로 제시한다.

　　너무 멀어 말 막힌 데는 아니게
　　콘크리트 성곽 에워싼 동네도 아니고
　　한 번 가면 쉬이 돌아올 수 없는 곳이게
　　막혀 갈 수 없는 게
　　하늘처럼 높지 않고
　　수평으로 푸르게 만져질 듯
　　배 갑판 오르면 건널 듯
　　더 간절히 막힌 듯

　　우리는 풀밭 옆 돌집을 빌려
　　모퉁이만 돌아가면 바다가 나오는

억새밭에 불을 놓아 남새밭을 일궜다
비 온 뒤 뿌린 씨가 물기에 젖어
이끼 같던 채소가 무성히 오르면
지난 일은 옛일처럼 금세 묻어 버릴 듯

피란처럼
귀향처럼
육지를 떠나왔다
사랑했던 이들을 떠나왔다

　　　　　　　　　　　　　—「이주자들」 전문

　　김유석이 제주로의 이주를 '피란'이며 '귀향'이라고 명명
하는 것은 그에게 도시가 전쟁터이자 영원한 타향이기 때
문이다. 도시는 "말 막힌 데"이자 "콘크리트 성곽 에워싼
동네"이며, 인간의 탐욕이 고층 아파트와 타워크레인, 계
층의 사다리를 "하늘처럼 높"게 수직으로 세워 둔 곳이다.
전라북도 오수의 목가적 전원에서 나고 자란 시인에게 도
시 생활은 고향 상실의 상태였을 것이다. 고향 상실의 기억
은 그의 시에서 '이주자' 주체가 느끼는 불안과 결핍으로 형
상화된다. 물론 내륙의 농촌에서 태어난 이주자에게는 대
도시나 제주도나 모두 고향이 될 수 없지만, 위 시의 화자
가 제주도를 귀향지로 인식하는 것은 일종의 '본향 의식'으
로 볼 수 있다. 제주도로의 이주는 곧 '생명'으로의 귀환인
셈이다.

"하늘처럼 높"은 "말 막힌 데"는 인간의 오만한 욕심이 세운 바벨탑을, "콘크리트 성곽"은 오늘날 도시 문명처럼 결코 무너지지 않을 것처럼 보이던 여리고성을 각각 연상시킬 때, "억새밭에 불을 놓아 남새밭을 일"구는 제주도는 묵은 것을 갈아엎어 새것을 창조해 내는 부활과 회복의 장소로서 그리스도가 약속한 '천국'과도 같은 지위를 부여받는다. 이 천국에 이주하기 위한 조건은 "육지를 떠나"오는 것이다. 베드로가 그물을 버리고 예수를 따라나섰듯 이주자 역시 도시 문명의 자본과 편리한 인프라와 사회적 관계망을 내려놓고 바다를 건넜다. "사랑했던 이들을 떠나왔다"는 고백은 가족과 친구, 동료 등을 도시에 둔 채 홀로 이주했다는 의미인 동시에 도시적 취향과 삶의 방식을 벗어던졌다는 의미이기도 하다.

> 눈 아래가 검어졌고 머리카락이 빠졌다
> 일 처리가 능숙해질수록
> 시간이 왜 이리 빨리 가는가?
> 거대한 톱니바퀴 속에서
> 내가 빠지면 기계가 멈출까?
> 하는 식상한 질문이 코끝을 울렸다
> 얻는 것보다 잃어 가는 게 확연했고
> 열정은 조용히 사그라들고 있었다
> 어느새 팔 년이 지나 있었다

승용차 들어갈 만큼만 짐을 싣고 섬으로 왔다
책 몇 권, 옷가지 계절마다 서너 벌
게스트 하우스에서 만난 사람들과
농장의 귤을 따서 팔았다
일당 칠만 원에 당근 양파를 뽑았다
일하기 싫으면 나가지 않았고
하루 내내 음악을 듣고 여행자들과 놀았다
누군가 "이렇게 사는 게 재밌니?" 물었지만
웃어넘길 여유는 잃지 않았다
그런 날은 혼자서 무섭기도 했지만
창을 열면 마중 나온 바다가 옆을 지켜 주었다

상추밭과 동백나무가 있는 조그만 돌집을 얻었다
마늘과 양파를 심었고 여전히 귤을 땄다
동네 청년들과 해변 쓰레기를 치웠다
어르신들을 모아 놓고 환경 영화제를 열었다
서울 생활이 생각날 때면
하루 한두 쪽씩 영국 소설을 숙제처럼 번역했다
가끔 글을 썼으며
외로운 여행자의 보루 삼아 책을 엮었다
—「사랑, 사랑, 사랑」 부분

도시화의 핵심과제는 전근대와의 단절과 분리라고 할 수
있다. 오늘날 도시는 농경사회의 공동체 문화를 산업 발전을 저해하는 구시대의 유산으로, 전통 풍속들을 도시 미관을 해치는 야만적인 문화로 치부하면서 그것들을 멸실시킨 폐허 위에 세워졌다. 물질적 번영을 약속하는 가까운 미래만이 의미와 가치를 지니는 시간으로 상정되면서, 오직 '미래'를 지향한 산업화 시대는 한국 사회의 욕망 구조를 바벨탑처럼 수직으로 세워 놓았다. 이러한 수직적 욕망은 21세기 신자유주의 시대에 더욱 심화되어, 계층 간의 간극을 벌리고는 계층이동의 사다리를 아예 없애 버렸다. 한국 사회의 극심한 양극화 현상은 낮은 곳에서 더불어 잘 사는 대신 높은 곳에서 혼자 잘 살기만을 추구하는 '상승—단절'이 사람들에게 내면화된 결과다.

위 시의 화자는 '전쟁터'로서의 도시를 더욱 자세히 증언한다. 도시에서 그는 "눈 아래가 검어졌고 머리카락이 빠졌"다. 영화 〈모던타임즈〉에 묘사된 것처럼 "거대한 톱니바퀴 속"에서 인간이 한낱 소모품으로 전락하는 상품주의에 몸과 마음을 다친 것이다. "얻는 것보다 잃어 가는 게 확연"한 생활 속에서 화자는 마치 더듬이 잘린 곤충처럼 인생의 방향감각을 상실했다. 도대체 무엇을 위해 매일 아침마다 '지옥철'에 끼여 출근을 해야 하는지, 누구를 위해 매일 밤마다 폭탄주에 스트레스와 분노를 섞어 삼켜야 하는지, 성공에 대한 강박과 실패에 대한 불안으로 왜 밤잠을 설쳐야 하는지, 입만 열면 불평불만을 토해 내는 직장 생활을 계속하는 이유가 무엇인지, 사는 게 왜 즐겁지가 않은지…… 8년 동안 지속된 지리멸렬한 삶은 결국 자발적 유배로 이어져 그는 "승용차 들어갈 만큼만 짐을 싣고 섬으로 왔"다. 도시의 속도와 미친 경쟁과 자본 논리가 작동하지 않는 제주도에서 "책 몇 권, 옷가지 계절마다 서너 벌"로 자족하면서 "일당 칠만 원에 당근 양파를 뽑"고 "일하기 싫으면" "하루 내내 음악을 듣고 여행자들과" 노는 삶을 시작했다. "게스트 하우스에서 만난 사람들과/ 농장의 귤을 따서" 파는 공동체 생활을 회복하면서 마침내 평화를 얻었다.

앞서 인용한 「이주자들」에서 '이주자'는 "풀밭 옆 돌집"을 빌렸는데, 「사랑, 사랑. 사랑」의 이주자 역시 "상추밭과 동백나무가 있는 조그만 돌집을 얻었"다. '돌집'은 돌로 쌓아 만든 친환경 주택이다. 높이가 낮고 투박한 '돌집'에서의 생활을 구체적으로 보여 줌으로써 김유석은 타자와의 교류 가능성을 제거한 채 계층과 등급을 나누어 타인 위에 군림하려는 현대인들의 '높이' 집착에 경종을 울린다. 브랜드 아파트에 사는 아이들이 공공 임대 아파트에 사는 아이들을 '거지'라고 부르는 도시 사회의 수직적 욕망을 부끄럽게 만든다.

한편 김유석이 시적 공간으로 제시하는 '돌집'에는 또 다른 함의가 있다. 바로 '무용함의 유용함'이라는 역설적 진실이다. 함부로 나뒹굴던 돌들이 틈새를 메꾸며 튼튼한 벽을 이루는 것이 돌집의 건축 원리다. 존재하는 모든 것에는 반드시 존재의 이유와 가치가 있다는 것을 시인은 말하고 싶은 게 아닐까? 좀처럼 열리지 않는 취업의 문 앞에서, 수저계급론의 카타콤 안에서 도시의 청년들은 사회구조와

기득권을 원망하고, 희망과 의지를 스스로 꺾는다. 끊임없이 인정투쟁을 시도하지만 투쟁의 대상이 아예 사라진 현실 앞에 학습된 무기력과 자기모멸, 냉소로 치달으며 급기야 목숨마저 내버린다. 시인은 무용해 보이는 돌멩이가 틈새를 찾아 집을 이룬 '돌집'을 노래하면서 청년 세대에게 위로와 용기를 건넨다. 자본주의가 강요하는 쓸모에 집착하며 자기 존재를 소모하지 말라고, 도망치듯 도시를 떠나온 이주도 결코 패배가 아니라고 그가 말할 때, 돌집들이 나란한 제주도는 "동네 청년들과 해변 쓰레기를 치"우고, "어르신들을 모아 놓고 환경 영화제를" 여는 더불어 삶의 아름다운 기점이 된다. 조르주 아감벤은 "영리함이 일정한 한계를 넘어서면 어리석음을 필요로 한다"고 했는데, 도시적 욕망이 임계점을 넘어선 시대에 우리는 어리석게 보일 만큼 단조로운 삶으로 회귀할 필요가 있다. 김유석은 그 사실을 우리에게 일깨워 준다.

조금은 가난한
조금은 외로운
조금은 넘치는
조금은 숨고 싶은
바닷가 게스트 하우스

저녁에 우린
조금 수줍은 듯이

파티를 열었지
술을 나눠 마시고
아무렇지도 않게
비밀을 털어놓았어
어두운 동굴 이야기를
세상 끝 벼랑 위 바람맞이를
그래, 멀리 와 있다고 생각했어

날이 새면
딱딱한 의자에 앉아
벽 유리 너머 섬을 두른 바다를 보며
각자 모닝커피를 마셨지
조금 낯선 듯이
흰모래가 밀어내는 썰물을
천천히 보았지

아직 조금 어지러운 채
각자 짐을 꾸렸어
우리는 어쩌면 인사도 못 했지만
짧은 웃음
허술한 약속
비슷한 점도 많지만
각자 자기의 길을 나섰어
어딘가로 떠나겠다며

갈 곳은 마땅히 없었지만

먼바다로 난 길로 걸어 나갔지

　　　　　　　　　—「바닷가 게스트하우스」 전문

　단조로운 삶이 주는 평화를 찾아 제주도로 온 사람들은 "바닷가 게스트 하우스"에 모여든다. '손님의 집'이라는 역설적 공간에 모인 이들은 하나같이 "조금은 가난한/ 조금은 외로운/ 조금은 넘치는/ 조금은 숨고 싶은" 상태다. '바다'의 무한한 수용성이 이들의 내면을 부드럽게 만들었을까? 여행지에서는 누구나 쉽게 마음을 열고, 금방 타자와 가까워지게 된다지만, "파티를 열"어 "술을 나눠 마시고" "비밀을 털어놓"기는 사실 쉽지 않은 일이다. 하지만 낮은 수평의 세계인 제주도에서는 타자와의 깊은 교류와 연대가 가능해진다. 도시에서 타자를 차단하고, 배척하고, 경계 밖으로 밀어내야 했던 이들이, 결국 차단당하고, 배척되고, 경계 밖으로 밀려나서 오게 된 바닷가 게스트 하우스에서 화해와 통합을 이룬다. 이때 게스트 하우스는 여행자들이 저마다 "세상 끝 벼랑"을 짊어지고 온 디아스포라 공간이자 그 다양한 개별성들이 총체성으로 수렴돼 마침내 평화에 이르는 시온이다.

　여행자들이 "흰모래가 밀어내는 썰물을/ 천천히 보"면서 마음의 평화를 회복할 때, 제주도는 물리적 장소가 아니라 영혼의 한 기착지가 된다. 도시 생활과의 단절, 표준화된 삶과의 결별을 감행한 데서 연유한 불안감이 잦아들고 나면

생의 새로운 서사를 써 나갈 용기가 생겨난다. 이제 여행자들은 "각자 자기의 길을 나"선다. "어딘가로 떠나겠다며" "먼바다로 난 길로 걸어 나"간다. 그 자신 이주 여행자인 시인은 게스트 하우스를 떠나는 여행자들에게 "뿌리 같은 거/ 터전 같은 거/ 타고난 거 없다며" "오래된 마을도/ 조상 같은 것도 없이" "새로 시작한 시조가 되어 볼"(『고라니 연인』) 것을 제안한다. 뿌리, 터전, 조상으로 함의되는 기성 세계로부터 떠나갈 것을 요청하는 것이다. "떨어져서 비로소 꽃"(『동백 숲길 피다』)이라는 사실을, 현실원칙의 구속과 억압에서부터 벗어나는 순간 주체적 삶이 시작된다는 사실을 시인이 환기시킬 때, 제주도는 여행자를 개척자로 만들어 주는 섬, 노마디즘nomadism의 전진기지가 된다.

> 검은 사내들이 웃통을 벗은 채
> 돌을 쌓는 일보다 오래된 인종으로
> 컨테이너 박스 안에 둘러앉았다
> 땀도 흘리지 않고 라면을 끓이며
> 근육질 팔뚝으로 나무젓가락을 젓는다
> 알 만한 길을 물으면
> 몰라요 몰라요 나 몰라요
> 우리는 만났던 듯 수줍게 웃었다
>
> 허물어진 돌담 너머 바닷가에서
> 검은 사내들이 고등어를 키운다

고등어가 자라서 갈 곳은 어항이지만
고향을 떠나 떠도는 자들은
어디서나 반갑다

　　　　　　　　　　—「컨테이너 아프리카」 부분

　시집 한 권 전체로 오롯이 제주도를 노래하는 김유석의
시도는 백석의 기행시편을 떠올리게 한다. 백석이 콩가루
차떡, 무이징게국, 국수, 명태조림 등 음식 이미지를 통해
고향을 상실한 주체들로 하여금 유토피아로서의 고향을 기
억하게 했던 것처럼 김유석도 "갈칫국"(「갈칫국」), "멜국"(「봄
날」), "몸국" "톳무침"(「대평리에서」) 등 제주에 온 사람이라면
누구나 한번쯤 먹는 향토 음식을 내세워 디아스포라적 존재
들로 하여금 공동체의 해체 또는 공동체로부터 분리된 상황
에서도 과거 총체성의 완전한 세계에 대한 기억을 감각하게
한다. 한 지역의 음식 문화는, 같은 음식을 먹음으로써 특
정한 외부 세계의 물질을 똑같이 몸속으로 들인다는 유대와
결속의 의미를 지니기 때문이다.
　음식 이미지뿐만 아니라 김유석은 또 백석처럼 다문화 커
뮤니티의 풍경을 그려 내면서 타자의 본질적인 이질성들을
결국 '인간'으로 통합한다. 위의 시 「컨테이너 아프리카」는
"서로 나라가 다른 사람인데/ 다들 쪽 발가벗고 같이 물에
몸을 녹히고 있는 것은/ 대대로 조상도 서로 모르고 말도 제
가끔 틀리고 먹고 입는 것도 모도 다른데/ 이렇게 발가들 벗
고 한물에 몸을 씻는 것은/ 생각하면 쓸쓸한 일이다"라던 백

석의 「조당에서」를 연상시킨다. 최근 우리나라 어촌에는 이주노동자들이 급증하고 있다. 젊은 인력들은 전부 대도시로 나가고, 힘들고 험한 육체노동인 원양어선 조업이나 양식장 관리 등은 동남아시아나 중동, 아프리카계 외국인들이 적은 임금을 받으며 한다. 위의 시에서 아프리카계 흑인 사내들은 "컨테이너 박스 안에 둘러앉"아 라면을 끓여 먹는다. 시인이 보기엔 이주노동하는 그들이나 자신이나 비슷한 처지다. 인종은 다르지만 결국 같은 인간이며, 상황은 다르지만 어쨌든 양쪽 다 이주자이기 때문이다.

제주도는 낭만과 평화의 섬이지만 외지인들에게 고향이나 터전이 될 수는 없다. 앞서 시인의 '본향 의식'에 대해 말하면서 제주도를 '생명으로의 귀향지'라고 했지만, 그것은 결국 인식의 차원이지 실상은 아니다. 제주도는 여행자에게는 끝내 여행지일 뿐이고, 이주자에게도 정착보다는 유목과 여행의 방식으로 삶을 꾸려 나가야 하는 곳이다. 제주도에서 여행자와 이주자는 "어디도 고향일 수 없다"(「표류기」)는 이방인 자의식을 공통적으로 지닌다. 그것은 제주도가 그들에게 있어 디아스포라와 유목주의의 비정주 공간인 까닭이지만, 아직 미완의 유토피아이기 때문이기도 하다. 평화로워 보이는 제주도에도 불화와 갈등이 있다. 열린 교류와 타자 수용의 커뮤니티인 것 같아도 토착적 배타와 차별, 소외가 존재한다. 생명과 자연이 건강한 숨을 쉬는 듯해도 위락시설을 짓는 대규모 공사와 도로 확장을 위한 벌목으로 온 섬이 신음하고 있다. 쉴 새 없이 밀려오는 중국 자본에

의해 고유의 전통과 문화가 침범당하는 중이다.

　여러 갈등 가운데서도 특히 몇 해 전 예멘 난민을 받아들이는 과정에서 일어난 혐오와 적대심은 예멘 난민은 물론 제주도민, 그리고 제주도를 사랑하는 모든 이들에게 상처와 숙제를 남겼다. 바로 타자에 대한 무한한 사랑과 연대다. 자기중심적 배타주의를 버리고 타자를 수용하는 것, 그 타자 윤리의 실천을 위해 김유석은 제주도 시편에 온갖 이방인들을 등장시킨다. 그러고는 그 모든 "길 지나는 사람"(「바닷가 악사」)들과 "떠나온 사람들"(「다시 봄날」)을, "사람의 일"(「한치잡이 전짓불」)과 "사람의 손길"(「목초지로 난 길」)을 연민한다. 백석이 떠돌던 북관과 만주처럼 김유석에게 제주도는 방랑지다. 그는 여행, 이주, 이주노동, 난민 등 다양한 형식으로 제주도에 온 이방인들을 자신과 동일시하며 끌어안는다. 그 순간 "고향을 떠나 떠도는 자들은/ 어디서나 반갑"다. 김유석이 꿈꾸는 제주도는 누구의 고향도 아닌 곳, '고향'으로 함의되는 중심이 해체되어 그 누구라도 회유하는 물고기 떼처럼 자유롭게 들고 날 수 있는 섬, 사람들이 서로의 차이를 존중하며 다양한 생각들이 막힘없이 흘러 큰 바다를 이루고, 그 바다에서 생명과 평화가 탄생하는 행복의 나라다.

　　억새로 엮은 길 따라
　　오름에 올랐습니다
　　화구를 두른 길은 끝이 없습니다

어디가 시작인지 끝인지

어디서 멈춰야 할지 알지 못하고

온종일 정처 없이 돌았습니다

화구는 풀로 덮인 지 오래

한여름 마른 채

봄부터 자란 억새가 무성합니다

바람에 두서없이 뒤척입니다

한 사람을 생각하는 것이

화산이 폭발하고

용암이 흘렀다가

얌전히 풀이 덮인 오름을

도는 일인 줄을 알 것도 같습니다

흰 구름이 떠갑니다

바다가 멀리서 밀려갑니다

한 사람을 생각하는 것이

그 사람에 닿는 것보다

순전히 나의 일인 줄 알면서도

사람의 일에는 아무 관심도 없는

화성암과 풀과 바다와 구름 앞에서

한 계절의 뜨거움일 줄 모르는 채로

숨 가삐 걸었습니다

—「오름 아리랑」 전문

김유석이 타자를 뜨겁게 끌어안을 수 있는 것은 그가 본래 로맨티스트이기 때문이다. 성실한 사랑의 습관이 마음 근육에 잔뜩 박혀 있는 사랑꾼이기 때문이다. 그는 한 사람을 사랑해서 "너에게 갈 때/ 나는 눈귀를 잃고/ 육지를 잊어버린"(「너에게 간다」) 무모한 순정주의자다. "한 사람을 생각하는 것이/ 화산이 폭발하고/ 용암이" 흐르는 것 같은 정열의 화신이다. "사람의 일에는 아무 관심도 없는/ 화성암과 풀과 바다와 구름 앞에서" 그는 "한 계절의 뜨거움"일지라도 "그 사람에 닿는 것"만을 생각하며 "숨 가삐 걸"어간다. "어디가 시작인지 끝인지/ 어디서 멈춰야 할지 알지 못하"면서 "끝이 없"이, "정처 없이", "두서없이" 한 사람을 최선 다해 사랑한다.

그가 "바닷가 지하 노래방에서 철 지난 이별 노래 춤추며 부르던 처음 당신"을 그리워하면서 "당신이 처음 부른 노래 혼자 부르며 춤추며"(「이젠 잊기로 해요」) "늙은 사내의 첫사랑 얘기"(「봄밤」)를 써 나갈 수 있는 것은 제주도가 사랑하기 딱 좋은 섬인 까닭이다. 현실원칙의 온갖 방해와 억압, 구속으로 가득한 도시를 멀리 떠나 사람의 일에 간섭하지 않는 제주도의 대자연 안에서 시인은 역설적으로 사람의 일, 즉 사랑에 온전히 자기 생을 다 기울일 수 있게 되었다.

여러분은 지금까지 한 시인이 쓴 순정한 사랑의 기록을 읽었다. 이 시집을 읽은 독자라면 누구나 마지막 책장을 덮자마자 제주도 항공권을 검색하게 될 것이다. 그러므로 이 시집은 평화를 찾아서, 주체적 삶을 찾아서, 인생의 새로운 서사를 찾아서, 그리고 사랑을 찾아서 제주도를 여행하는 모든 이들을 위한 아름다운 안내서다. 해설의 마지막 문장을 쓰는 내 마음도 벌써 한치잡이배 불빛이 환하게 수놓인 서귀포 황우지 해안에 가 있다. 유석이 형 때문이다.